Et comme une évidence…

Nouvelles à savourer dans l'ordre

Christine Serignac

Et comme une évidence…

Nouvelles à savourer dans l'ordre

LE LYS BLEU
ÉDITIONS

ISBN : 979-10-422-2633-6

À Louis, à Juliette
et à toutes les personnes bienveillantes
qui me motivent.

Il n'y a pas de hasard, il n'y a que des rendez-vous.

Paul Éluard

Pierre

Son sac à dos était enfin prêt. Depuis le temps qu'il le préparait, ce voyage, un peu comme une initiation logiquement réfléchie, travaillée, assimilée.

Il ne lui manquait que de trouver les bonnes chaussures, confortables, montantes, mais pas trop, avec des petits crampons pour une parfaite adhérence en montée sur les cailloux pouvant devenir lisses sous la pluie… La pluie à cet instant précis tombait aussi dehors de façon drue et elle doublait d'intensité à chaque coup de tonnerre. Il était là, immobile à en ressentir la force, la fraîcheur malgré la fenêtre fermée et s'imaginant sous tente bivouaquant dans des endroits beaux, mais perdus.

Se perdre était le but de ce voyage, son Saint-Jacques à lui en somme. Son trajet était dans sa tête depuis de longs mois, les étapes, les lieux où il s'endormirait éreinté, mais empli de cette énergie positive qui fait aller de l'avant. Ce break, il en avait besoin d'abord par la pensée. La construction de cette échappée belle avait commencé, il y a six mois.

Malgré les tentatives de découragement de certains de ses proches mettant sur cette aventure une définition de pure folie, il avait tenu bon en rétorquant que mettre sa vie entre parenthèses quelques mois à 35 ans était un rêve accessible et que rien ne l'en empêcherait. Sa vie était depuis quelques mois déjà entre guillemets dans une existence où il se sentait immobile, sans projet. C'était comme un sentiment de désespoir qui l'envahissait. Il était hors de question pour lui de n'être alimenté que par des tuyaux symbolisant ce lien à la vie qu'il refusait. Il avait besoin d'espace d'air où sa cage thoracique pourrait enfin se soulever lentement, mais avec puissance comme toute la jeunesse qui le caractérisait.

Tout d'abord, il a mûrement réfléchi à la destination. Les Cévennes seraient son décor. À la manière de Stevenson, mais sans âne, il fera là-bas son périple, son chemin de croix avec quatorze étapes. Lui, il leur donnait à chacune une signification de reconstruction. À chaque étape, une pierre de posée comme un kern personnel et lourd de sens. Trouver un nouveau sens à sa vie, relier son corps à son esprit.

Il allait tout plaquer, demander une année sabbatique après un long arrêt maladie était une équation normale. D'ailleurs, après avoir été plaqué par sa compagne, il vivait depuis quelques semaines dans une sorte d'hôtel familial, style pension de famille, pour se reconstruire. Loin de sa famille toxique qui lui reprochait d'être à l'origine de sa rupture avec Clémence, il n'avait plus la force d'expliquer que la sérénité qui se dégageait de son prénom n'était qu'une couverture qu'elle avait préféré partager avec un autre. Mais il ne lui en voulait pas, les vies prennent des directions opposées et, sans amertume, la bienveillance avait remplacé la colère. Il n'était plus le même mentalement et physiquement, c'était ainsi.

L'achat du matériel s'est fait via internet, loin de toute grande ville, c'est le seul moyen que Pierre a trouvé pour constituer son barda. Faisant partie de cette génération qui n'a pas connu les douze mois de service militaire obligatoire, il s'imagine en Rangers sauvant le monde avec son sac à dos de compétition et tout ce qu'il contient : duvet, tente poids plume, nécessaire pour se nourrir, se laver et se changer. Bien sûr des haltes dans des gîtes sont calées, car dormir dans un bon lit et dîner en bonne compagnie d'autres randonneurs n'est pas exclu. Pierre n'a aucune intention de se couper du monde, loin de là. Mais ce sentiment de liberté quand il pense à son départ le rend aérien, c'est comme s'il se trouvait sur un trampoline et qu'avec ses deux pieds, il donnait une impulsion pour s'élever toujours plus haut à chacune de ses pensées. Il aime s'identifier à une bulle suffisamment légère pour monter et suffisamment solide pour ne pas exploser en vol. Il ne veut plus être pris par cet état de dépression que la rupture assimilée à un accident de vie a provoqué.

Allongé dans son lit, les mains derrière la nuque, il attendait juste le feu vert pour caler la date de son départ. Il lui manquait deux à trois détails pour le finaliser. Sa voisine de chambre, Odette, petit bout de femme de 80 ans, l'encourageait depuis le soir où le moral en berne, elle avait écouté ses malheurs, ses projets, assis tous les deux à la tisanerie. « Ici, pas d'alcool, que du bio et du sain ! » Cela les faisait rire d'avoir créé ce slogan à un moment où un bon verre de vin, une cigarette et une nuit torride l'auraient bien rasséréné.

Elle est toute mignonne avec ses 1,50 mètre, elle est une petite bonne femme énergique. Ancienne fille de résistante, elle raconte avec passion à Pierre les récits narrés par son père en cette période trouble. Elle s'insurge contre les mauvaises manières des gens d'aujourd'hui et se montre maternante quand Pierre lui raconte sa vie. Elle, elle est là pour se reposer comme chaque année. C'est son lieu de villégiature. Un petit mois et elle repart à Paris où elle vit près de sa fille, qui a repris sa boutique de fleurs. Cette année elle est venue seule, Jacques, son époux, a pris une autre direction il y a six mois, il vit maintenant

Boulevard des allongés, et le comble est qu'il se trouve au Père-Lachaise. « Drôle, non ? » lui dit-elle. Elle n'est pas triste, ayant vécu des années de bonheur intense. Ce souvenir la nourrit et elle ne veut pas que le chagrin et la peine l'envahissent. C'est cette leçon de vie qu'Odette donne à Pierre. « Avec un prénom pareil, c'est construire qu'il faut que tu fasses ? Ne laisse aucun terrain en friche, il faut toujours y planter un sentiment positif. Les accidents de la vie doivent être des expériences et non des échecs », lui dit-elle. Et pour le faire sourire, elle lui explique qu'elle s'appelait Odette Lépine, ancienne fleuriste et qu'en l'épousant, son mari lui a donné celui de Terreau.

Ce matin-là, il l'a entendue venir, le métal de sa canne sur le sol et son pas particulier lui sont arrivés à l'oreille avant le tambourinement de ses doigts frêles contre la porte. Elle vient comme un soutien, comme une béquille. Elle rentre, vient s'asseoir en silence sur le fauteuil de sa chambre. La pluie vient de s'arrêter. Comme un signe le soleil timide se montre au travers d'un arc-en-ciel. C'est un jour particulier.

Adam et Virginie, ses kinés, frappent et entrent à leur tour, Pierre les attend depuis une heure. Eux aussi le soutiennent dans son projet de départ, mais pas à n'importe quel prix et Pierre sait qu'ils veillent au grain. Pas de folie, de l'assurance et de la sécurité, voilà leur adage. Ils se sentent responsables de Pierre, mais ont répondu présents quand il leur a fait part de ce projet fou.

Adam tient dans sa main un sac. « Enfin, le dernier élément pour compléter mon sac à dos », se dit Pierre. Commandé il y a quelques semaines, il arrive enfin, c'est la version définitive. Finies les versions transitoires.

Odette reste muette, mais ses yeux pétillent. Virginie prend un calendrier et lui dit que d'ici un mois, il pourra enfin chausser ses chaussures de randonnée.

Pierre soulève son buste de l'oreiller, pivote tranquillement, s'assied au bord du lit et laisse poser son pied droit sur le carrelage froid. Adam sort alors du sac de protection l'objet tant attendu comme un trophée. Pierre affiche un sourire béat en caressant doucement l'objet en titane qu'on lui tend, puis dirige sa main vers le moignon de son genou gauche…

Virginie

Quand Virginie quitta Pierre et remonta dans sa voiture de location, elle se mit à sourire.

Virginie est kinésithérapeute depuis dix ans. Elle a choisi ce métier par envie et par passion, le jour où elle a vu à la télévision un reportage sur ces gens qui redonnent de l'espoir aux accidentés brisés par la vie. C'est pour cela que travailler dans un centre pour polytraumatisés était une évidence pour elle.

Ce matin-là, au moment de partir, sa voiture a fait des siennes et n'a pas voulu avancer d'un mètre, elle s'est mise à toussoter comme une vielle asthmatique avant de jouer la scène II, acte III en mourant le volant entre ses mains. Pile-poil le jour où elle devait récupérer son collègue Adam pour porter à Pierre, un accidenté de la vie, une prothèse de jambe. La voilà qui peste, va sonner chez sa voisine lui demandant gentiment de la conduire en ville. Elle louera une voiture pour la matinée et organisera le remorquage de sa voiture « décédée » un peu plus tard.

Le loueur de voitures répond rapidement à sa demande et la voilà partie pour son programme avec juste dix minutes de retard au compteur.

Alors qu'elle attend devant le centre de rééducation qu'Adam la rejoigne avant de retrouver Pierre, elle remarque sur le sol un bout de papier insignifiant, mais assez grand pour ne pas échapper à son attention. Surprise, car toute voiture de location est louée propre, elle attrape cette tache blanche posée sur le tapis du siège passager et la fourre dans sa poche quand Adam la rejoint.

Ce n'est qu'après avoir établi le planning de la rééducation finale avec Pierre que, remontant dans sa voiture, elle déplie ce bout de papier, en souriant, comme une carte au trésor avec précaution et curiosité.

Déçue, il ne contient aucune information, blanc comme neige et avec humour continuant sur les aliments, elle se dit : « chou blanc, peanuts ». Puis, avec fébrilité, elle le retourne et voit au crayon à papier comme un message éphémère, un numéro de téléphone, mais il manque le dernier chiffre.

La réparation dura cinq jours et elle alla tous les matins récupérer sa voiture chez le loueur et, tous les jours, elle était face au même morceau de papier avec le même numéro incomplet. La seule différence est que, si le deuxième jour elle le trouve au même endroit, les quatre suivants, elle le trouvera sur son siège, dans la boîte à gants, sous ses essuie-glaces et dans le coffre. C'est donc avec amusement que, tous les jours, elle récupérera cette voiture avec un avant-goût de chasse au trésor. Elle aurait pu composer le numéro en inventant ce dernier chiffre, mais à quoi bon et dans quel but ?

Alors son imagination se met en branle durant ses soirées… un admirateur, un ancien patient, un ex, une vengeance, un amoureux éconduit… entre frénésie et peur, elle laisse tomber ses conclusions sherlockiennes.

Elle vérifia tout de même avec les numéros de ses connaissances, mais aucune correspondance. Elle pensa alors au loueur de voitures. Elle le connaissait un peu, il prêtait main-forte au centre durant les journées pendant lesquelles les patients étaient rejoints par leur entourage. C'étaient des journées festives où des stands étaient tenus par des bénévoles et François en faisait partie. Sa sœur avait été une des patientes de Virginie après une chute dans un précipice. Malheureusement, trouvée tardivement par les pompiers, sa récupération avait été limitée, voire minimaliste, malgré les efforts de Virginie et de l'équipe. Et sa patiente ayant perdu l'usage de la parole se retrouve tétraplégique sur un fauteuil. François, quant à lui, a surinvesti la situation et est présent tous les jours auprès de sa sœur et, certains soirs, il est amené à échanger avec Virginie sur ses espoirs.

Mais cette histoire de bout de papier était assez abracadabrante et Virginie décida de ne pas en parler autour d'elle. Sur quoi se fonder pour trouver une explication rationnelle, elle si cartésienne. N'empêche, de jolies histoires, ça existe et elle, elle a envie d'y croire. En ramenant la voiture à François ce vendredi soir, elle décida de prolonger la location d'une semaine même si son vieux carrosse a été réparé. Il lui sourit en validant la commande et en récupérant les clés. Ils se souhaitent un bon week-end. Virginie le trouve assez charmant pour être l'auteur de ses mots cryptés, mais elle le sait timide aussi. Quant à François, il sait voir en cette cliente hors norme un joli brin de femme… Tandis qu'elle quitte le magasin sans se retourner, lui la fixe et la regarde s'éloigner en lui disant en pensée et en souriant « À lundi… »

Puis il se dirige vers le véhicule pour le garer à sa place habituelle, y monte et une fois assis, il prend quelques secondes pour humer les restes du parfum de Virginie, puis sort de sa poche un bout de papier blanc et note les huit chiffres commençant par un 06, en se disant que cette fois-ci, il n'oubliera pas de transmettre la référence de cette voiture à l'assureur pour modification du contrat.

Betty

Betty, ce matin de juin, avait décidé comme tous les samedis de partir se balader en montagne. Le chemin était le même, mais cela lui importait peu, car à chaque promenade, elle y découvrait ou rencontrait quelque chose de spécial, de nouveau… une odeur, une vue, une lumière différente sans compter toute la nature environnante et sa faune aussi.

Elle vivait encore chez ses parents, non par choix, mais par nécessité. Mariée, mais malheureuse, elle avait mis fin à cette union désastreuse après quatre années de vie commune. La première pour s'apercevoir que de ses projets de maternité, il n'y en aurait pas, la seconde pour constater que l'ennui gagnait du terrain, la troisième pour se dire que l'amour avait foutu le camp et la quatrième pour mettre tout en œuvre pour acter un divorce et organiser son retour chez ses parents le temps de se retourner.

Il était bien vu ce retour, ses parents avaient accepté ce divorce, le premier dans la famille, et espéraient qu'il serait le dernier, mais ils ne concevaient pas que leur fille puisse être malheureuse.

Il fallait faire face au « qu'en-dira-t-on », aux messes basses au village quand on passait dans la rue ou que l'on se retrouvait à l'épicerie : unique lieu et épicentre de rencontre des villageois. Mais de tout cela, Betty s'en moquait, pour ne pas dire s'en foutait. Elle avait besoin d'un peu de temps, chose que lui accordaient ses parents.

Son frère, quant à lui, avait vu d'un plus mauvais œil son retour et avait du mal à faire face aux quolibets. Même s'il travaillait à la ville d'à côté où l'anonymat était plus facile, il lui tardait que sa sœur s'éloigne du cocon pour ne plus subir tout ceci. Assister à son mariage gay avait déjà été une épreuve pour lui, alors son divorce !

Il vivait la semaine à la ville où il occupait gratuitement un logement au-dessus de l'entreprise qui l'employait. La gratuité venait en contrepartie d'une présence pour l'ouverture et la fermeture du magasin, ce qui laissait à son patron une liberté dont il n'était pas mécontent de jouir. Le week-end, il regagnait le village natal qui, malgré la petite dizaine de kilomètres qui le séparait de la ville et de la civilisation, était resté dans son jus du 18e siècle avec ses idées préconçues et une place pour la femme bien rétrograde. Néanmoins il refusait cette façon de voir notre société de manière archaïque et avait le projet de partir s'installer définitivement à la ville d'ici peu.

Il était tombé amoureux, mais timide, il n'avait jamais trouvé le moyen d'avouer ses sentiments à cette jeune femme qu'il voyait tous les matins et tous les soirs arriver et quitter son travail juste en face du sien. Il ne connaissait rien d'elle, même pas son prénom, mais il connaissait ses moindres mimiques, ses tics et la marque de sa voiture à bord de laquelle il la voyait arriver tôt et repartir tard. Le samedi et le dimanche, il faisait une pause, sa vigie étant fermée, ne travaillant ni lui ni elle le week-end.

Il fallait qu'il trouve le courage ou le moyen pour entrer en contact avec elle. Des stratégies, il en avait élaboré plusieurs, des dizaines des centaines même, mais à chaque fois sur le point de mettre son plan à exécution, c'est lui qu'il mettait au pilori et criait « En joue, feu… ! »

Ce n'est qu'un jour du mois de juin qu'il fit sa connaissance. Il s'en souviendrait longtemps. Sa sœur, Betty, venait d'avoir un grave accident. Au cours de sa balade hebdomadaire, elle avait glissé et chuté dans un ravin sombre et profond. À tel point que les secours avaient mis deux jours avant de la retrouver vivante, mais son souffle tenait à un fil.

Il avait beaucoup plu la veille et, malgré ses conseils, elle ne les avait pas écoutés et était partie en espadrilles, n'ayant pas retrouvé ses chaussures de marche. La pierre glissante avait fait le reste, il savait que le passage était difficile et le risque encouru était important. Mais Betty avait besoin de cette balade, ils s'étaient de nouveau disputés et il savait que sa sœur libérerait sa colère dans la marche.

Et la marche fut fatale.

Après plusieurs jours d'hospitalisation, les médecins annoncèrent à ses parents qu'elle vivrait, mais que l'espoir de récupération était très minime n'empêchant pas une forme de rééducation de maintien.

Le hasard amena Betty dans un centre de rééducation juste en face du travail de son frère, ce qui lui permettait de venir la voir à sa pause déjeuner. L'échange était inexistant, Betty ne communiquant plus, son regard dans le vide, elle semblait attendre que le temps passe inexorablement. Lui avait fait ce choix de présence quotidienne du lundi au vendredi, laissant à ses parents anéantis la charge du week-end.

Quand un jour à midi, une jeune femme entra dans la chambre de Betty et se présenta à lui comme la kiné du service. Elle lui expliqua son travail et les objectifs établis pour sa sœur. À chaque parole, elle ponctuait ses phrases d'un sourire franc et bienveillant lui présentant une rangée de dents blanches et parfaitement alignées. Il fut sous le charme, elle lui dit avoir remarqué sa présence quotidienne et en quittant les lieux, elle lui lança un « À lundi alors ? » Il y répondit par un sourire léger et charmeur.

Le soir, invité chez ses parents à dîner, il monte dans sa voiture et s'arrête en route sur le bas-côté aux abords de poubelles publiques ; il ouvre son coffre et en sort une poche noire. Souriant en repensant à cette belle rencontre, il ne peut s'empêcher de prononcer à voix basse comme un chuchotis le prénom de la belle noté sur sa blouse et pendant qu'il souffle entre ses dents un « À lundi, Virginie… », François jette dans le container la poche après l'avoir tâtée comme pour être sûr que les chaussures de marche de sa sœur y sont toujours.

Adrien

M. Fustignac était issu d'une famille de notables dont les parents, par un esprit de gourmande collaboration durant la Seconde Guerre mondiale, avaient perdu la particule qui les ennoblissait.

Les choses remises dans l'ordre en sus de cette particule, leurs biens comme les deux hôtels particuliers parisiens et leur maison de campagne, avaient été saisis par la Banque de France pour renflouer les comptes et surtout pour les punir d'avoir pactisé avec l'ennemi.

Ne voulant pas quitter Paris, berceau de leur famille depuis 1800, les Fustignac vécurent chichement en se débarrassant petit à petit de leurs bijoux et de leurs comptes en banque qu'on leur avait laissés pour subsister et ne pas se retrouver dans la déchéance la plus totale.

La seule trace de profonde noblesse subsistait dans le prénom donné à leur fils qui appartenait à l'arrière-grand-père, Adrien. N'ayant aucun souvenir du faste alors âgé de 3 ans au moment de l'armistice, Adrien Fustignac grandit loin du protocole et au lieu de se destiner à une carrière de rentier comme le fut son propre père, il embrassa la carrière d'instituteur, fort signe d'intelligence et de connaissance.

Ainsi, il réussit par une maîtrise de son métier à devenir rapidement directeur de son école primaire. Au-delà de sa passion pour l'enseignement, il en avait une autre, depuis son plus jeune âge, qui lui permettait de s'échapper loin de l'ambiance morose et morbide de la maisonnée où sa mère allait de dépression en hospitalisation. Cette seconde passion était la lecture de romans d'Agatha Christie. Et le roman qui le bouleversait le plus de par l'ingéniosité machiavélique de l'auteure était *Le Crime de l'Orient-Express*.

Adrien était un jeune homme sage, convoité, mais jamais troublé, aucune jeune fille ne se promenait à son bras ni dans son lit d'ailleurs. Il prit une chambre de bonne se contentant de peu et mettait la plus grosse partie de son salaire de côté avec le but bien précis de faire un voyage à bord de ce train magique sur fond d'enquête policière.

Et c'est ce qu'il fit pour ses vingt-cinq ans. Le voilà qui monte à bord de ce train, le plus prestigieux du monde au décor élégant le projetant en 1883, gare de Strasbourg, de nos jours, gare de l'Est. Il se sent remonter le temps avec l'espoir de croiser Tolstoï,

Marlène Dietrich ou le prince Ferdinand de Bulgarie. Agatha Christie y rencontra sa moitié, « Peut-être m'arrivera-t-il la même chose ? » se dit-il.

Et le voilà parti pour deux semaines de traversée. Et quel voyage dont il gardera un souvenir inoubliable ; dont certains détails resteront secrets, mais gravés dans sa mémoire. Sur son passeport, il a fait notifier un signe particulier pour le reconnaître en cas d'accident : une marque de naissance en forme de rose sur son avant-bras. Il tient cette marque de sa mère qui la tenait de la sienne. Seul l'endroit a changé, mais la forme, la taille et la couleur sont identiques en tous points.

Aujourd'hui, en 2022, Adrien ne prend plus l'Orient-Express pour voyager, le métro parisien est devenu son unique moyen de se déplacer. Il a aujourd'hui quatre-vingts ans, a fini sa carrière comme inspecteur d'académie, célibataire et sans enfants. Mais comme il dit avec humour, mais avec une pointe de nostalgie « Des enfants, j'en ai eu plein, alors… ».

Il a eu une vie heureuse. Avec ses économies, une fois son voyage réalisé, il a pu racheter un des hôtels particuliers pour que ses parents y finissent leurs jours. Aujourd'hui, c'est lui qui y habite.

Le parc qui l'entoure est recouvert d'arbres centenaires et de rosiers magnifiques en hommage à sa mère et à leur marque de fabrique.

Ce soir, il fait doux et, avant de rentrer chez lui, il s'arrête chez un fleuriste, mais le nom l'intrigue : « La rose et l'épine ».

Une femme, la cinquantaine, les cheveux ramenés en chignon déstructuré, s'affaire à constituer un bouquet champêtre. La cliente s'impatiente et le fait remarquer par un trépignement qui déstabilise et agace la vendeuse. Le bouquet est superbe et aérien, Adrien le remarque et complimente l'ouvrière. Elle lui sourit à son tour, le félicitant pour la rose à sa boutonnière.

Une fois le bouquet fini et payé, elle se retourne vers lui disant être triste d'avoir réalisé un aussi beau bouquet à une personne qui ne semble pas apprécier les fleurs.

Puis lui demande ce qui pourrait lui faire plaisir ? Une petite composition pour déposer sur la tombe de ses parents. Il lui laisse libre arbitre, car à la vue de la décoration élégante du magasin et de ce qu'il a vu à l'œuvre, il ne peut pas être déçu. Aucune urgence, il viendra la récupérer demain.

Au moment de noter la commande et de prendre ses coordonnées, le téléphone de la boutique retentit.

« Oui maman, c'est Rose à l'appareil, tu es rentrée de ta cure cet après-midi ? Tout s'est bien passé, oui tu me raconteras tes nouvelles rencontres. Je raccroche, je termine avec un client et je passe te voir en rentrant chez moi. Ah demain, j'aurai besoin de toi une petite demi-heure en fin de matinée, car je dois m'absenter du magasin. » Un merci fait suite à un silence…

Rebondissant sur cet horaire qui ne lui était pas destiné, Adrien lui dit qu'il passera en fin de matinée récupérer la gerbe et il règle sa commande.

Rose le reconduit à la porte, la referme et on entend ce léger tintement de clochettes qu'elle y a suspendues. Il se retourne une dernière fois et la salue, elle lui répond alors qu'il s'éloigne. Rose remonte alors ses manches pour balayer la boutique et regarde avec affection la photo de sa mère, Odette Lépine, posée sur le comptoir comme une madone qui veille sur elle et elle sourit en pensant au ton délicieux qu'elle prendra pour raconter demain matin à ce nouveau client l'histoire du nom de sa boutique… « il ne va pas être déçu », se dit-elle en éteignant le magasin abaissant ses manches sur ses avant-bras, recouvrant ainsi une tache en forme de rose.

Clémence

Elle avait chaud, elle s'étira dans ce grand lit que Pierre n'occupait plus depuis bientôt six mois. Elle n'avait toujours pas compris sa décision de rompre après son accident de moto.

Il se voyait diminué, elle ne voyait aucune différence malgré une jambe en moins. Il était vivant, porterait une prothèse, referait peut-être de la moto un jour, mais il était vivant.

Il lui avait annoncé sa décision un mois après sa chute contre cette voiture qui lui avait sectionné la jambe au niveau du genou et dont le conducteur avait pris la fuite. Il avait commencé sa rééducation dans ce fameux centre et elle avait au départ soupçonné Pierre d'être tombé en amour de sa kiné Virginie, un peu comme le syndrome de Stockholm. Elle le voyait comme prisonnier de ce centre et elle sa geôlière dont il dépendait pour retrouver, ses forces, son équilibre entre les barres, pour gérer les douleurs fantômes de ce membre manquant et s'approprier enfin le projet de prothèse dernier cri, légère qui lui permettrait de retrouver une vie normale. Tu parles Charles ! Rien ne prédestinait cette rupture brutale, sans fondement juste parce qu'il lui manquait un bout.

Clémence et Pierre s'étaient rencontrés cinq ans plus tôt. Par le plus pur des hasards, au moment des fêtes de Noël. Ils étaient tous les deux dans une boutique de chocolats et avaient des vues sur la même boîte de douceurs. Clémence devançait Pierre dans la file d'attente et, pendant qu'elle payait, elle entendait Pierre manifester sa déception à la vendeuse qui lui expliquait que c'était la dernière. Devant sa mine déconfite, Clémence lui céda la boîte et prit autre chose à la place. Sur le joli emballage blanc et doré, elle nota son numéro de téléphone… et, le lendemain, il sonna.

Mais ce matin, comme tous les autres depuis son départ, ce n'est pas de la légèreté qu'elle ressent au creux d'elle-même, c'est un poids et il n'est pas plume, celui-là. Il est lourd, acide et il se tapit dans l'ombre la nuit pour mieux se rappeler à son bon souvenir la journée. Il la grignote petit à petit, alors pour éviter de trop y penser elle s'active.

Elle quitte son lit, enfile son maillot et va piquer une tête dans l'eau fraîche de sa piscine. La température de l'eau vivifiante lui rappelle qu'elle est vivante et qu'il faut regarder devant et non plus dans le rétroviseur.

Attaque ensuite un petit déjeuner, petit au propre comme au figuré, car elle avale peu. Rien ne passe ou si peu.

Elle s'habille toujours élégamment, récupère son portable et son ordinateur et file à son boulot où elle va s'abrutir durant huit heures voire plus, car personne ne l'attend le soir. Ses copines ont ralenti les coups de fil, trop triste, « trop emmerdante à ressasser ses souvenirs, la Clémence ! ». Elles ont arrêté de lui présenter les copains de copains qui à ses yeux sont trop fades, trop impersonnels, trop ennuyeux.

Alors, elles ont laissé tomber les soirées rencontres fortuites qui ne le sont pas et ont maintenu une soirée par mois pour boire un coup, voire plusieurs, grignoter un bout et refaire le monde, tout le Monde tant qu'à y être, autant se la jouer magnanime.

Depuis son départ, elle n'a vidé aucun de ses tiroirs et n'a pas mis ses affaires dans des cartons au cas où. Sa belle-famille ne l'appelle plus et leur dernier contact a été froid et plus que distant. Elle ne sait pas pourquoi ils se sont exprimés avec un ton de reproche comme si c'était elle qui l'avait quitté. Elle a tenté de le joindre d'abord sur son portable, puis par le biais du standard de la clinique, mais au final, on lui répondait qu'il ne pouvait pas lui parler… alors épuisée devant ce silence, elle a stoppé ses appels comme une fin de non-recevoir.

La photo de leur couple trône encore sur la commode, mais pour combien de temps.

Mais ce matin-là, elle a envie de se reconstruire et une prise de conscience lui effleure les neurones.

Elle prend son téléphone et appelle sa ribambelle de copines et malgré leurs protestations lui disant que leur rendez-vous mensuel c'est la semaine prochaine, elle leur explique l'urgence de passer à autre chose et fixe pour 19 heures, l'heure des retrouvailles chez elle.

Elle dépose des bouteilles de champagne au frais, autant fêter cela avec du breuvage exceptionnel. Elle passera chez le traiteur en rentrant.

La journée lui paraîtra légère, finie cette lourdeur incessante comme un uppercut au creux de l'estomac quotidien. Son diaphragme va enfin se soulever à nouveau.

Elle abattra son labeur avec plaisir, motivation et quittera son poste à 18 heures.

Arrivée chez elle, les bras chargés, il ne lui reste qu'un petit quart d'heure pour se préparer. Finies les soirées pyjama déprimantes, elle troquera sa tenue de médecin pour enfiler une jolie robe noire intemporelle et féminine et se trouvera enfin jolie. Elle est médecin en service de chirurgie et, pendant quinze jours, elle y a soigné Pierre à la suite de son intervention.

Elle descend à la cuisine, allume le four pour réchauffer les petites bouchées prises chez son traiteur préféré, sonde la température du champagne en posant ses mains sur les bouteilles, esquisse un sourire. Elle vérifie qu'elle a assez de glaçons pour rafraîchir les jus de fruits de celles qui ne boivent pas d'alcool et pense au dessert qu'il faut sortir du congélateur pour qu'il soit à température ambiante au moment du sucré.

Elle se rend au garage et ouvre l'énorme congélateur où Pierre entreposait ses pièces rapportées de la chasse et de la pêche. Elle farfouille parmi la cuisse de sanglier, les truites et déblaye le tout pour récupérer le vacherin glacé bloqué au fond par un lourd morceau de viande.

Clémence ne sait plus ce qu'elle regarde, se disant qu'il faudrait bien manger ce morceau oublié. Elle fait glisser alors son pouce sur l'étiquette pour enlever la fine couche de glace, se dit que son amie a bien œuvré en tant que chirurgien. Ce soir elle rajoutera au menu une pièce de viande, tout en lisant avec attention, esquissant un sourire quelque peu nostalgique, « membre inférieur gauche de M. Pierre S. »

Raphaëlle

Il est 7 heures du matin, elle s'est levée plus tôt ce jour-là. Installée depuis six mois en maison d'hôtes voire gîte en fonction de qui elle accueille, elle s'est mise aux fourneaux, car elle attend aujourd'hui dix personnes dont une qui fait le circuit seule.

Elle a préparé les chambres la veille et boit son café, immobile devant la fenêtre de la cuisine admirant la tranquillité des lieux qui génèrent chez elle un apaisement longtemps recherché, mais jamais trouvé jusqu'à ce jour où elle a décidé de tout plaquer.

Elle était médecin, avait consacré tout son temps à son boulot, aucun mari, pas même un amant et donc aucun enfant pour la décentrer de cette passion qui avait pointé son nez à ses dix ans. Élève exemplaire, étudiante hors pair, externe puis interne congratulée à chaque semestre par ses mentors, elle a été très vite nommée cheffe du service de chirurgie.

Fierté de ses parents, un peu jalousée par sa fratrie, elle a pris conscience de ses limites il y a quelques mois par un événement quelque peu particulier.

Elle avait appris à faire face à des événements dramatiques, mais celui-ci l'avait quelque peu perturbée et elle avait fini par se dire que sa carrière était terminée. Elle avait donc fait ses cartons, donné sa démission, trouvé un locataire pour son appartement digne de sa position sociale et était partie ouvrir ce havre de paix pour lui permettre de retrouver la sienne.

Après son café, elle s'affaire à faire des gâteaux, des brioches et son pain afin de régaler ses convives. Les produits sont du coin, frais et bio. C'est à la mode.

Il est 16 heures quand arrive le groupe. Ils sont épuisés, il est vrai que le temps est beau et chaud et qu'une citronnade fraîche sera la bienvenue. Attablés sous le grand tilleul de la propriété, ils profitent tous, déchaussés, de l'herbe fraîche pour y plonger leurs orteils pour certains meurtris et de l'ombre des branches qui viennent faire entendre leur bruissement dans la brise légère.

À 19 heures, le repas est annoncé, Raphaëlle s'inquiète, son dixième convive n'est pas encore arrivé alors qu'il devrait déjà être là.

Elle appelle le gîte précédent et on lui confirme qu'il est bien parti. À peine a-t-elle raccroché qu'elle entend la cloche retentir. Il est là, épuisé, mais souriant, comme ces sourires de vainqueur après un exploit surhumain. Elle a tôt fait de comprendre que cette journée de marche fut éprouvante à la façon dont il se masse les jambes et un genou en particulier.

Il s'excuse de son peu de délicatesse, affalé sur les marches du perron, elle le rassure avec un grand verre d'eau. Puis il s'éclipse dans sa chambre pour se rafraîchir afin de regagner la tablée.

La soirée est joyeuse et placée sous les anecdotes qu'Henry le guide du groupe raconte. Elles sont toutes aussi drôles les unes que les autres, et il en a un sacré stock pour sûr vu qu'il est guide depuis 15 ans. Lui aussi est arrivé dans la région avec une envie de changement, de reconstruction. « Décidément, se dit Raphaëlle, nous sommes nombreux à avoir poussé les murs pour mieux respirer. » C'est souvent ce que lui racontent ses hôtes en faisant cette randonnée sur les traces de Stevenson. Un peu comme leur Saint-Jacques à eux.

Les randonneurs s'éclipsent peu à peu, éreintés de leur journée et rassasiés par le succulent repas que leur a confectionné Raphaëlle. Elle rejoint Henry et le randonneur solitaire surnommé par la troupe le Retardataire. La table est débarrassée, ils l'aident à ranger et faire la vaisselle et elle leur propose pour les en gratifier une tisane faite avec la cueillette de son grand tilleul. Assis tous les trois à la fraîcheur du soir, l'heure est aux confidences.

Raphaëlle raconte son arrivée ici, dans un lieu inconnu n'étant même pas du coin, où il a fallu qu'elle prouve aux habitants du village qu'elle pouvait y arriver pour s'intégrer. Cela fait maintenant huit mois qu'elle vit ici ; que sa maison est une source d'inspiration et qu'elle a même commencé à coucher sur papier toutes les histoires de vie dont elle est, malgré elle, la confidente. Ses randonneurs, elle les aime, au début avec méfiance puis avec parcimonie et maintenant avec beaucoup de bienveillance, apprenant à se connaître et à reconnaître ses capacités d'empathie et d'écoute.

Puis elle raconte sa vie à l'hôpital et évoque un événement qui lui a fait stopper sa carrière comme un coup de massue où sa déontologie a été ébranlée par un acte d'amitié, du moins le pensait-elle à l'époque. Restant attentifs à ses paroles, ils n'osent, ni l'un ni l'autre, poser des questions plus personnelles et se contentent juste de l'écouter. Mais Raphaëlle restera évasive sur cet acte qui semble répréhensible.

Alors, face à son silence, le retardataire raconte la sienne. S'il a mis autant de temps à venir, c'est que ce sentier de Stevenson est une quête de lui-même. Ayant eu un grave accident, il a juré que ce périple serait sa reconstruction physique, mentale et émotionnelle surtout. Il n'a plus envie d'être le garçon gendre idéal, bien sous tous rapports, qui menait une vie aseptisée et dénuée de sens. Il dit avoir tout bazardé et, quand il sera de retour dans sa ville, il avisera. Mais à écouter ses deux acolytes de tisane, il se dit que vivre ailleurs pour recommencer serait une solution et ils débattent sur ce point de vue.

Henry s'excuse en bâillant et annonce son départ pour les bras de Morphée.

Restant tous les deux assis côte à côté, leurs paroles de vie deviennent des paroles sages de réconfort, puis de fil en aiguille, en gestes tendres et, cette nuit-là, Raphaëlle n'investira pas sa chambre, mais celle de son gentil randonneur.

Au petit matin, elle descend avant tout le monde pour préparer leurs petits déjeuners. Les brioches et le pain chauds sont sur la table et les paniers repas au frais. La cuisine sent bon le café frais, l'eau laisse entendre un léger frémissement pour les amateurs de thé. Les divers pots de confiture maison sont placés sur le centre de la table, ainsi que les yaourts, les fromages frais et la charcuterie du coin.

Raphaëlle est en train de réveiller Henry alors que son amant d'une nuit descend. Il la retrouve dans la cuisine, l'enlace par-derrière, hume ses cheveux et s'excuse de ne pas l'avoir prévenue. Elle lui témoigne son absolution par un regard qui en dit long lui disant de ne pas s'en faire, elle a été chirurgienne.

Après son petit déjeuner, il attendra que le groupe reparte pour pouvoir dire au revoir à Raphaëlle sereinement. Il réajustera sa prothèse sous ses yeux puis reprendra la route. Elle le regardera s'éloigner et en rentrant dans la chambre pour la ranger, elle trouvera un petit mot sur la taie d'oreiller. Sa lecture la prend aux tripes et elle comprend : « Mon prénom est Pierre pas "Retardataire" et ce qui suit est mon numéro de téléphone, appelle-moi. »

Alors qu'elle commence à le rentrer dans ses contacts avec la ferme intention de le rappeler ce soir, un SMS inattendu arrive : « Salut Raphaëlle… je sais que tu ne me répondras plus, mais je tenais à t'informer que je vais mieux et je me suis enfin débarrassée du bout de Pierre que tu avais subtilisé pour moi… Clémence. »

À cette lecture, troublée par ce passé qui la rattrape, elle en referme la porte, efface ce message et enregistre le téléphone de Pierre…

Paul

Paul a 58 ans, guide depuis quelques années, ce matin-là il marche depuis le départ devant. Son rythme est assez soutenu, mais régulier et le groupe le suit sans souci. Ce soir ils arrivent à leur dernier gîte tenu par son amie Raphaëlle et il sait que l'accueil sera accueillant et gourmand comme il sait aussi que sa nouvelle vie choisie par obligation l'a amené loin de certains tourments pour rester vivant.

Il a roulé sa bosse un peu sur tous les GR de France et de Navarre et les sentiers n'ont plus de secrets pour lui. Il les assimile à des chemins de vie et les siens en ont croisé plein d'autres. Puis la marche est libératrice et les gens se confient. Raphaëlle avant de s'installer les a aussi parcourues ces routes. Et c'est au cours d'une soirée dans son gîte qu'elle s'est confiée en lui racontant comment elle a subtilisé la jambe d'un patient qu'elle venait d'amputer pour la donner à la compagne de cet accidenté de la route qui était aussi une collègue médecin. Elle n'arrive pas à expliquer pourquoi elle a répondu à cette demande extravagante. Ayant dépassé les limites de sa déontologie, elle a préféré le lendemain donner sa démission et partir.

Paul en a entendu des histoires, mais celle-là était la cerise sur le gâteau des absurdités de la vie. Et lui, les gâteaux, il s'y connaît. Avant d'être guide, il était pâtissier, mais de haut niveau, de haute voltige. Il manipulait les ustensiles avec une dextérité à faire pâlir tellement il frôlait la perfection quand il cuisinait. Il connaissait tout sur tout, les mélanges des saveurs n'avaient aucun secret pour lui, le dosage subtil des ingrédients pour réussir ce que bon nombre ratait. C'était un de Vinci de l'invention culinaire. Il était devenu aussi pointu que ses couteaux.

Chez lui seule sa mère croyait en lui, son père ne voyait dans ses créations que du passe-temps et voulait qu'il fasse un métier d'homme, un vrai.

Traîner ses mains dans la farine, caresser le beurre frais ou se parer d'un tablier relevait de l'ineptie et faisait de son fils une moitié de tout ou plutôt une moitié de rien ; d'ailleurs de ce fils il n'en voulait pas et devant l'insistance de sa femme il a capitulé. Alors, le savoir parti sur le chemin d'un métier de ménagère, il en devenait dingue, lui, le routier manipulant son

38 tonnes, fumant des gitanes sans filtre qui donnaient la nausée à Paul et buvant plus que de raison comme pour oublier sa triste existence.

Mais Paul n'a pas lâché, malgré les coups bas, les brimades et les réprimandes, il a tenu bon en trouvant chez sa mère les ressources nécessaires.

Remportant concours sur concours, faisant son apprentissage chez les plus grands, il a lâché l'affaire quand les coups de poing paternels sur la table sont venus s'écraser sur les pommettes maternelles. Son père avait gagné la partie, mais pas la guerre. Paul a plié sans rompre et a intégré l'entreprise de transport où le paternel travaillait.

Il troquait son bleu de travail pour les maniques quand le vieux partait deux, trois jours apporter une livraison. Il régalait alors sa mère de ses desserts subtils et raffinés.

Elle aimait croquer dans les brisures des pâtes à tartes, faire glisser sur la langue ses douces crèmes, sucer avec délice le caramel sur les choux.

Quel pur bonheur ! Mais par-dessus tout elle adorait son biscuit aux amandes.

Pour Paul, quel ne fut pas son plaisir de voir sa mère se sustenter avec autant d'ivresse, alors qu'il avait ressenti un immense soulagement voire une once de fierté de voir son père y croquer dedans un soir en rentrant de son labeur aussi imbibé qu'un baba. Il était heureux lui qui refusait avec dédain de goûter à ses mets sucrés.

Mais le lendemain matin en refermant la porte de la maison, il pensa avec tristesse qu'il ne verrait plus le regard gourmand que sa mère posait sur ses réalisations tout en se remémorant le bruit sourd que fit le corps de son père en tombant au sol. Il venait de mordre sans finesse dans le gâteau y trouvant la dose parfaite de poison au goût subtil de fruit à coque auquel il était mortellement allergique.

Ce matin-là Paul choisit le prénom d'Henry et referma définitivement la porte de la maisonnée derrière lui.

Rose

Ce soir, elle ferme sa boutique pour une semaine. Il y a longtemps qu'elle n'a pas pris de vacances. Elle a joint les fournisseurs et fait ses derniers bouquets pour les dernières commandes et… salut la compagnie !

Elle a juste le temps de faire son sac pour partir demain matin. Le temps est prévu au beau et son billet est réservé. Tout est réuni pour faire de cette semaine une super semaine de déconnexion. Elle s'est inscrite pour partir avec un groupe de copains, tous fleuristes comme elle. Si l'an dernier farniente et bord de plage étaient au programme, ils ont visé une semaine cette année un programme plus sportif.

Mais ce soir elle s'accorde un peu de lecture et elle veut enfin finir ce livre commencé depuis des semaines. Il est 1 h du matin quand elle le referme, contente de l'avoir enfin lu et de cette fin inattendue qui l'a bouleversée. Elle le replace sur son étagère, pose ses lunettes sur la table de chevet, éteint la lumière et se met à penser. Son esprit divague d'un point à un autre comme le ferait une boule de flipper. Ah quel souvenir de ces parties gagnées après le lycée dans ce bar qui jouxtait l'établissement. Les pièces de 1 franc dans les poches et les tournées de café, seule boisson que ces étudiants en herbe pouvaient s'offrir.

Elle se revoit à 16 ans, scolarisée dans cet établissement d'apprentissage où elle a appris son métier de fleuriste. Où elle a su exprimer toute sa créativité complètement étouffée dans l'enseignement classique. Où elle a mis en avant son talent, l'amour des fleurs.

Il y avait plusieurs sections en sus de la sienne : coiffure, cuisine, mécanique. Elle n'aimait pas ceux qui en roulaient et préférait ceux qui avaient l'esprit créatif. Les profs parlaient d'eux comme des esthètes pour donner du plaisir à leurs futurs clients que ce soit en ravissant leur rétine, leur palais ou leur chevelure.

Ces années-là ont été un pur délice et elle a gardé quelques contacts avec qui elle communique encore.

Les années ont passé, certains se sont mariés avec ou sans enfants, d'autres ont divorcé ou ont changé de vie après leur formation en partant loin. Elle, elle a tenu le cap, a repris la boutique de sa mère, l'a transformée à son goût et depuis elle crée à tout va.

Et puis sa boule de flipper va heurter un vieux souvenir. Il est doux, ce souvenir, comme une adolescence édulcorée par les tubes de l'été des années 80, par les sorties ciné entre copains le dimanche, les premières virées en discothèque. Ce souvenir vient se glisser entre tout ça. Elle l'avait repéré depuis le début de l'année. Grand, larges épaules, tignasse brune et bouclée et surtout se donnant de l'importance en fumant ses Camel devant le lycée avant d'y rentrer le matin. Pourquoi repenser à lui maintenant, alors que demain, elle part en vacances, alors que cela faisait des années qu'elle n'y avait plus pensé…pour panser quoi ?

Et la voilà qui tourne et retourne dans son lit, son esprit est en ébullition et l'empêche de s'endormir ; elle réfléchit, cogite, pense, se triture les méninges depuis des heures… il est 3 heures du mat ! « Ah je vais être fraîche demain », se dit-elle… puis la fatigue prend le dessus et malgré sa lutte elle s'endort.

Il est 7 heures, son café coule, comme l'eau sur elle pour se réveiller. Sa douche prise, elle ingurgite son petit déjeuner, prend son sac et ferme sa porte à clé. Le train entre en gare, elle trouve sa place, dépose son bagage et s'assied, les vacances commencent enfin !

Légère, son esprit libéré, ses yeux regardent le paysage qui défile quand tout à coup son prénom lui revient par quel hasard, par quelle magie, elle n'en sait rien, mais il est là ce prénom court de quatre lettres qui la faisait frémir quand il passait près d'elle dans les couloirs, quand ils se sont embrassés pour la première fois.

Ils faisaient des plans sur la comète, à 16 ans on vise la lune ou rien. Des rêves pleins la tête, un peu de magie et beaucoup de sentiments.

Sa rêverie est stoppée net par l'arrivée d'un message sur son portable. « Bonjour, je vous attendrai sur le quai de la gare, l'organisateur. »

Elle répond un bonjour suivi d'un OK impersonnel et reprend sa position comme pour retrouver le fil de ses pensées sans se questionner sur la façon dont elle va le reconnaître, cet organisateur, mais peu importe, tellement ses pensées sont occupées.

Ce type ressurgit de nulle part, c'est drôle, dit-elle en souriant.

À croire que l'inconscient sait toujours quand il doit se rappeler à votre bon souvenir, mais pourquoi maintenant ? Ah si ! elle le sait et fait le rapprochement, son livre qui raconte cette histoire de disparition. Elle lâche un soupir comme ferait le bouchon d'une limonade qu'on dévisse alors que le contrôleur annonce l'arrivée en gare d'ici 15 minutes.

Elle s'étire, se trouve bête et referme le volet de cette vieille histoire jouant sur la coïncidence d'événements du passé et la lecture de ce polar. C'est vrai cet amour n'est plus venu au centre de formation, l'administration a évoqué un déménagement soudain. Triste au début, elle s'en est fait une raison et a trouvé d'autres chaussures à son pied.

Le train entre en gare, elle est debout et attend qu'il se stabilise.

Rose se redresse, met son sac à dos sur l'épaule et comme un éclair de génie elle prononce entre ses dents ce prénom oublié qui lui revient subitement en mémoire « Paul »… alors qu'elle marche sur le quai, détendue et ravie de l'avoir enfin retrouvé, ce fameux prénom, un énième texto se fait entendre… et le SMS annonce : « Je vous attends près de la porte qui mène au hall de la gare, je suis assis sur le banc… signé Henry. »

Solène

Attablée sur sa terrasse, elle laissait le vent jouer dans ses cheveux, soulevant doucement quelques mèches sur son front et sur sa nuque, en fond France Musique laissait échapper un air de musique où des violons jouaient un air de la Flûte Enchantée de Mozart.

Le ciel en ce début de soirée d'août, chamarré de bleu, de rose était empli de quelques nuages blancs, légers et cotonneux. De cette ambiance se dégageait une sérénité même au fond d'elle, Solène la ressentait comme un apaisement longtemps espéré et enfin arrivé. Sur la table, une tisane orange cacao infusait. Solène n'avait pas 80 ans, mais appréciait ce doux breuvage de fin de journée et pestait qu'on puisse appeler cette boisson un « pisse-mémé ». À côté de sa tasse, son ordinateur était là comme un compagnon immobile et attendant un signe pour s'éveiller. Le signal arriva.

Le bip tant attendu annonça un message… en réponse au sien envoyé 22 minutes plus tôt.

« Bonsoir, comment allez-vous aujourd'hui ? Je suis désolé de ne pas vous avoir répondu plus tôt, une urgence au travail et je n'étais jamais seul… »

Elle sourit en le lisant, s'étire, prend ses cheveux entre ses mains, les soulève de sa nuque, les attache en chignon et pose ses doigts sur le clavier. Elle tapote les touches… quoi lui répondre qui ne montre pas son impatience et sa joie d'avoir enfin un signe de lui.

Se voulant détachée, elle enclenche : « Ce n'est pas grave, moi aussi j'étais fort occupée, mais ravie d'avoir de vos nouvelles… » suivi d'un smiley…

De là, s'enchaînent deux heures de communication écrite sur tout, sur rien, sur leur vie et les attentes qu'ils en ont. Aucun de deux n'a encore proposé un rendez-vous, depuis 10 jours qu'ils s'écrivent, aucun des deux n'a le courage d'avouer ses envies.

Elle en meurt pourtant, mais se questionne aussi sur le fait qu'il n'amorce rien… est-il laid, voire hideux, handicapé, marié peut-être… tout lui passe par la tête des idées les plus folles aux scénarii les plus terribles. C'est le lot de ces sites de rencontre où juste un détail interpelle, mais autour qu'y a -t-il ?

Elle veut creuser un peu plus ce soir et avoir des réponses pour cerner le personnage qui la fait rêver, fantasmer. Et passe du « Vous » au « Tu » comme pour signifier une tentative de rapprochement en espérant qu'il ne s'en offusque pas.

« Que fais-tu au final comme métier ? Es-tu seul ou as-tu de la famille ? Des frères, des sœurs ? »… La sienne, justement, lui a dit de se méfier de ce genre de sites, mais qu'importe, Solène, elle s'en fout. Elle n'a pas envie de finir toute seule comme elle qui est partie se terrer dans la montagne pour ouvrir un gîte en quittant un boulot en or et sans dire pourquoi.

La réponse ne se fait pas attendre : « Je suis seul, mes parents sont décédés il y a quelques années dans un accident de circulation, je n'ai ni frère ni sœur. Mon métier, rien de passionnant… et toi ? »

De là Solène se raconte : sa famille, son travail, ses passions, ses projets. Elle ne ment pas, Solène, elle est honnête et trouve que c'est une qualité importante… son interlocuteur approuve.

« Au fait, je ne connais de toi que ton pseudo, mais quel est ton prénom ? » demande-t-elle.

« Michel, écrit-il et rajoute… il est tard, je dois me lever tôt… à demain ? »

Elle se sent légère comme si ce « À demain » était une promesse et répond : « Oui à demain… Bonne nuit » et tente un « Bise ».

Elle se déconnecte et éteint son ordinateur.

Lui ferme aussi son compte, mais définitivement, garé sur le bas-côté, il remet le contact, pense à ce « bise » auquel il ne répondra jamais, à ses parents qu'il vient de quitter, à sa sœur au fond de son lit et à Virginie qu'il aime en silence. François le regard dans le vide ressasse tout ceci sur « Lettre à France » de Polnareff qui lui a prêté ce soir son prénom.

Odette

Ce matin elle reprend ses marques après son séjour annuel dans cet établissement de remise en forme. Une sorte de cure annuelle, mais elle y va surtout pour retrouver ses amis et, cette année, c'est Pierre qui est venu allonger sa liste. Ce jeune l'a touchée de par son histoire, sa blessure et sa reconstruction.

D'ailleurs, en allumant son portable, elle y découvre un de ses messages, il a commencé son périple sac à dos et esprit léger. Ils ont décidé de rester en contact et de se donner des nouvelles tous les jours. Ne pouvant l'accompagner, elle a décidé de le soutenir à sa façon, par des mots réconfortants quand il baissera les bras et des félicitations quand il arrivera au gîte le soir.

Elle connaît cette douleur physique et celle de l'esprit.

Revenue enceinte d'un voyage à 20 ans, elle a dû quitter son amant sans rien savoir de lui, sauf la douceur de ses mains et son prénom aristocratique. Ils se sont quittés sur le quai de la gare sans savoir que 9 mois plus tard, elle donnerait naissance à une petite fille. Elle a tenté de le retrouver par les maigres indices qu'il lui avait donnés, mais Paris est grand et, même si on dit qu'il est tout petit pour les gens qui s'aiment, elle ne l'a jamais retrouvé. Un prénom est un maigre indice.

Mais ce matin il ne faut pas traîner, sa fille justement compte sur elle pour tenir sa boutique quelques heures.

Fleuriste de mère en fille, elle adore la remplacer malgré sa retraite. Les fleurs et leur langage n'ont aucun secret pour elle.

Le temps est pluvieux ce matin à Paris, un fin crachin donne aux rues un air romantique. Elle enfile sa parka et met dans son sac son petit parapluie pliable. La voilà qui descend les escaliers et s'engouffre dans la bouche de métro.

Ça l'a toujours amusée de se faire avaler, manger et même déguster par ce transport parisien et recracher quelques kilomètres plus loin, comme si chaque jour ses tuyaux souterrains semblables à un énorme estomac régurgitaient tranquillement des tonnes de passagers avec leurs soucis, leurs histoires… leur vie.

Mais voilà que, riant de sa folle pensée, elle sursaute et quitte précipitamment le wagon. Essoufflée sur le quai, elle a oublié les clés de la boutique. Le temps de reprendre le métro en sens inverse et de repartir clés en main, elle va ouvrir la boutique avec au moins une demi-heure de retard.

Mince, elle a horreur de ça, elle si ponctuelle.

Devant les grilles, un client attend déjà, il compose le numéro noté sur la devanture, mais tombe sur le répondeur, entend la voix de sa jolie vendeuse de la veille qui a pris sa commande et décide de ne pas laisser de message.

Le crachin s'est transformé en pluie plus intense et il ouvre son grand parapluie noir, tourne les talons et se dirige vers la station de métro la plus proche. Alors qu'il descend vers le quai par l'escalator, il croise, en remontant en sens inverse, un parapluie ouvert aux motifs de roses. Quelle drôle d'idée de le laisser ouvert dans le métro, se dit-il.

Odette arrive devant le magasin, replie son joli parapluie fleuri. Alors qu'elle va enclencher la clé dans la serrure, un mot est coincé dans les grilles. « Suis passé chercher ma commande, la boutique était fermée. Je repasserai plus tard. »

Odette est désolée, sa fille va lui en vouloir. D'ailleurs, la voilà qui appelle. Odette décroche penaude, lui avoue son oubli et donc son retard. Rose la sermonne gentiment, car elle sait que son client d'hier soir passera récupérer son dû par amour des fleurs, par respect aussi du travail bien fait, mais surtout parce qu'il a aussi réglé la note.

Et la voilà qui lui inflige sa punition : « Tu resteras au magasin le temps que ce client repasse ». Elles rient ensemble au téléphone tandis que le soleil apparaît au travers des nuages, Adrien referme son parapluie noir devant la boutique.

François

Après un week-end à végéter devant la chaîne des sports, François ajoutera un sucre dans son café qui en contient déjà deux. Le goûte, fait la grimace et se dit qu'il perd la tête en ce moment. N'arrive plus à réfléchir et se dit : « Je fais vraiment n'importe quoi » en le vidant dans l'évier.

Comme tous les matins, il va aller ouvrir sa boutique, apercevoir de loin le personnel de la clinique d'en face arriver et guetter Virginie, qui passera si elle a le temps de lui faire un coucou amical en espérant un peu plus. Mais François, lui, ne voit rien et n'a pas décrypté ses regards insistants et ses appels du pied quand elle lui a parlé de ce nouveau petit resto qui venait d'ouvrir un peu plus bas dans la rue.

Il se trouve minable aussi d'avoir fait espérer cette fille via ce site de rencontre. Il ne sait même plus pourquoi il s'y est inscrit : par dépit, par tristesse, par curiosité. Mais son profil a plu et l'art du mensonge est de mise, même petit. On triche sur son âge, la photo est un peu floue, les hobbies, on s'en invente et on se cache derrière un pseudo. Elle doit attendre depuis vendredi soir un retour à son « Bise » et il se l'imagine vérifiant la connexion, appuyant maintes fois sur le bouton marche-arrêt de son ordinateur.

Il se trouve moche et ce n'est pas de gaieté de cœur qu'il va prendre sa douche, se rase, s'habille, se coiffe avec sa sempiternelle noix de gel depuis qu'il est ado. Il a quitté le cocon familial il y a peu en trouvant ce petit appartement, fonctionnel, calme et proche de son travail. La seule chose qui le tient en vie est sa sœur, ressentant cette culpabilité dévorante qui, plus d'une fois, lui a dicté de disparaître. Mais Virginie a été sa bouée et, quand elle ne le sentait pas bien au chevet de sa sœur, elle passait le voir à son magasin en sortant de la clinique.

Mais ce matin-là ne sera pas un matin comme les autres. Alors qu'il prépare une location de véhicule, son portable sonne. Occupé, il laisse le répondeur se déclencher, mais l'appelant insiste.

C'est le médecin en charge de sa sœur. Betty ne va pas bien, elle vient de faire un arrêt cardiaque et malgré une réanimation réussie, son état l'inquiète. Il lui demande de venir et de prévenir ses parents.

François enfile sa veste, la pluie s'abat sur la ville depuis cette nuit, il fait sombre malgré l'heure avancée de la matinée.

Il sort de son magasin, le ferme à clé et met une pancarte annonçant une absence de courte durée.

Il ouvre précautionneusement son parapluie et se dirige vers la clinique à 50 mètres de là. Il attaque une marche rapide, mais il vient de marcher dans une flaque et baisse le regard vers ses chaussures neuves en cuir. Il peste, « elles sont foutues ! »… et protégé par son grand parapluie, la tête dans les épaules, il ressent à peine le choc qui le fait atterrir 5 mètres plus loin.

La conductrice ne l'a pas vu, trop occupée à tenter de lire un message personnel : « À ce we, je t'embrasse. »

Elle rangera son portable, sortira de la voiture et attendra auprès de cet inconnu les secours sous une pluie battante dont elle tentera de le protéger par son grand parapluie retrouvé près de lui.

Mettant sur le dos du mauvais temps et du peu de visibilité cet accident, elle ne sera pas inquiétée.

Quant à François après quelques opérations et une amputation, il partira en rééducation dans le service de Virginie, remplacer sa sœur.

Solène quant à elle remontera dans sa voiture après sa déposition.

Adam

Comme tous les soirs, Adam quittait son travail de kiné en disant au revoir à ses collègues et surtout à Virginie sa complice de toujours. Ce soir-là c'est en quittant Pierre, son patient, et en regagnant sa voiture que son portable se met à vibrer pour la énième fois. Mais là, il est enfin tranquille et avec une fébrilité certaine, il le sort de sa poche et espère que c'est la personne dont il est tombé amoureux depuis deux mois. Ce fut vraiment par hasard que cette rencontre s'est faite. Le lieu professionnel est l'endroit où l'on passe le plus de temps et peut être parfois propice aux rencontres et c'est ce qui s'est produit pour Adam.

Virginie, son binôme, est partie en formation durant trois semaines et on lui a trouvé un remplaçant. Camille a postulé et son profil correspondait tout à fait. Adam a assisté au recrutement et a validé son embauche. Ils ont travaillé en binôme au début afin que Camille s'acclimate au centre de rééducation et se familiarise avec les patients.

Puis investissant cet emploi avec beaucoup de professionnalisme, Camille finit tard, instaurant des relations d'empathie avec ses patients cassés par de terribles accidents de la vie ou de la route. Adam a alors proposé de lui laisser une place dans de nouveaux projets, des réunions où ils travaillaient tous les deux pour améliorer leur technique de rééducation.

Adam rentrait tard chez lui, sa femme ne l'attendait plus depuis longtemps. Au départ, il ne s'était pas aperçu que cette collaboration professionnelle prenait un tour intime. Des échanges sur leur vie, les attentes, leurs envies, leurs désirs et leurs points communs qui devenaient de plus en plus prégnants dans leurs discussions. De serrages de main pour se saluer, aux discussions autour d'un café, leur proximité professionnelle, mais aussi personnelle allait les faire se rapprocher.

Au début tout était timide, mais quand Adam regagnait sa voiture, son esprit était occupé par Camille, ses mains quand elles prenaient sa tasse de café, ses cheveux bouclés retenus par un bandeau lors des séances de rééducation, sa voix, cette voix si particulière apaisante et qui faisait réagir son moi intérieur comme un doux tsunami. Puis il se surprenait à l'observer du coin de l'œil prétextant vérifier de loin que tout se passait bien. Puis l'intérêt est devenu permanent et son esprit était envahi par Camille. Quel doux prénom qui le hantait jour et nuit.

Un soir de grève de bus, il lui a proposé un co-voiturage qui fut accepté. C'est au moment de se dire à demain que leurs gestes brouillons au début ont trouvé le moyen de trouver leur bouche et tout a commencé.

Des frôlements délicats quand ils se croisaient, aux rendez-vous discrets après le déjeuner et leur trajet matin et soir qu'ils partageaient. Leurs aurevoir délicats devenaient alors fougueux le vendredi soir comme pour compenser leur absence du week-end.

Ce soir c'est décidé, il va annoncer à Florence qu'il la quitte. Il y a bien longtemps qu'elle n'est plus son Eve, qu'ils ne partagent plus leurs rêves du début et même leur lit est froid malgré leur présence.

Ce soir, c'est décidé, il veut lui avouer une renaissance, mais sans lui faire de mal et dans le respect.

Il se gare et pousse la porte de l'entrée que Florence ne ferme jamais à clé. Elle est devant la télé, exténuée de sa journée. Elle lui dit bonsoir sans se retourner et précise comme tous les soirs qu'un plat l'attend sur la table avec la consigne de le réchauffer trois minutes au micro-ondes. Mais Adam n'a pas faim, si ! Mais pas de nourriture. De renouveau, de désir pour Camille. Alors, il monte à l'étage, débusque une valise dans la penderie, la bourre d'affaires de première nécessité, on l'attend dans la voiture.

Il redescend et en silence se cale devant Florence entre elle et l'écran. D'abord surprise, elle remarque la valise et le regarde avec interrogation, mais très vite elle comprend. Ses soupçons s'avèrent exacts, les nouvelles odeurs sur les habits d'Adam, ses retards de plus en plus nombreux et ses textos de plus en plus fréquents, discrets, mais incessants certains soirs.

Elle se lève et sans cris elle l'enserre avec douceur et lui dit : « Va la rejoindre il y a tellement longtemps que l'on s'est quittés tous les deux. »

Adam, grand gaillard imposant d'un mètre quatre-vingt-dix, se recroqueville dans ses bras et lui dit tendrement : « Je ne pars pas à cause de toi… je pars grâce à lui… »

Interlude

Et de façon simultanée en ce samedi 22 octobre 2022.

Pierre, léger comme le titane de sa prothèse, enverra un texto à Raphaëlle pour lui annoncer son arrivée le lendemain.

Virginie quant à elle refermera doucement la porte de la chambre de François fatigué par la rééducation du jour, elle s'est empressée avant de partir, de lui déposer un baiser sur les lèvres avant qu'il ne s'endorme s'étant enfin avoué un amour réciproque.

Betty vient de quitter le service de réanimation et ses parents auprès d'elle lui annonceront plus tard le terrible accident de son frère François.

Adrien, lui, finit tout juste d'allumer les bougies sur la table, le repas est au chaud et le champagne est au frais alors qu'Odette sonnera dans quelques secondes à sa porte dans une jolie robe tenant un magnifique bouquet de roses dans ses bras.

Clémence a rangé toutes les affaires de Pierre dans des cartons qu'il doit passer prendre dans la soirée. Elle espérera le reconquérir, mais ayant repris aussi sa vie en main, elle a répondu à cet inconnu au pseudo qui fait rêver.

Raphaëlle, souriante après avoir lu le SMS de Pierre, accueille sa sœur Solène, encore bouleversée par l'accident, qui se gare tout juste dans la cour de son gîte.

Rose, rassurée de savoir sa mère en bonne compagnie ce soir, rejoint Henry qui a décidé de reprendre son prénom de Paul et de téléphoner enfin à sa mère.

Et pendant ce temps, Adam positionne ses affaires dans les tiroirs de la commode que Camille lui a laissée. Si Adam lui parlait de la réussite de rééducation de Pierre dont il est, avec Virginie, devenu proche, Camille gardera pour lui un lourd secret.

Quant à Maxime, un certain randonneur qui vient d'arriver au gîte de Raphaëlle, il croisera ce soir Solène qui attend toujours un message de Michel, mais plus pour longtemps.

Et comme une évidence… chacun à sa manière poursuivra sa destinée qui dépendra toujours d'un autre…

Maxime

C'est un beau jeune homme de 25 ans, racé, qui court les castings tous les jours pour décrocher un contrat. Son agence croit en lui, il a ce petit plus qui fait de lui un physique hors norme, atypique, attirant.

Issu de la province, il est monté à la capitale, comme on dit, il y a huit mois. D'abord serveur épluchant les petites annonces dans les studios miteux, c'est en servant Fabienne, chercheur de talent pour une grande agence, que la chance lui a souri. Elle a failli s'étouffer en le voyant alors qu'elle n'avait pas encore mordu dans son croque-monsieur. Elle l'a attendu à la fin de son service et lui a fait signer, vite fait bien fait, un contrat d'exclusivité, une beauté comme la sienne ne se laisse pas s'échapper.

Aujourd'hui il est loin des scènes et des projecteurs.

Pas de maquillage, la sueur seule perle sur son front. Il grimpe un dénivelé depuis une heure, est épuisé, mais il ira jusqu'au bout sans s'arrêter. Il doit être au gîte avant la tombée de la nuit.

Il a quitté Paris il y a six mois, un matin tôt, alors que toute la ville était endormie. Lui, il bouillait de l'intérieur, triste et anéanti, mais décidé à partir. La nuit avait été agitée, faite de cris, de pleurs, de supplications auxquelles il n'avait pas voulu répondre.

Ça y est dans quinze minutes, il devrait arriver au gîte d'une certaine Raphaëlle. Il voit la maison au loin, le sentier qui y mène est dégagé et il se sent réconforté de passer cette soirée en compagnie d'autres randonneurs croisés durant la journée. Mais il préfère faire cavalier seul pour marcher, il a besoin de réfléchir.

Quand il a claqué la porte et dévalé les escaliers quatre à quatre quelques mois plus tôt, il était poursuivi, des cris d'amour lui arrivaient aux oreilles, mais il ne les voulait pas. La colocation avait du bon pour partager les loyers élevés de la capitale, mais il était loin d'imaginer que l'on pouvait tomber amoureux de lui avec autant de désespoir et d'acharnement à en faire peur. De plus, quand cet amour n'était pas partagé, il fallait le fuir.

Il a changé de ville, a rompu le contrat qui le liait à son agence de mannequinat et a décidé de repartir dans la « vraie » vie en reprenant ses études et s'est aussi accordé du temps pour faire un point sur sa vie en randonnant.

Quand Maxime arriva dans la cour du gîte, il venait d'être dépassé par une petite voiture avec au volant une jeune femme. Comme s'ils avaient été programmés pour se coordonner, elle descendit de la voiture au moment où il arriva à la hauteur de la portière.

Raphaëlle, sortant de son gîte, les accueillit simultanément en embrassant Solène, sa sœur, et en serrant la main de Maxime… les présentations étaient faites. Cela fit un grand bruit dans le cœur du jeune homme comme une évidence face à cette jeune femme, pas comme le bruit des pneus crissant sur l'asphalte quand Camille, son colocataire, fou d'amour et de douleur, au volant de sa voiture, avait voulu le rattraper. Maxime avait continué sa course sans se retourner, sans savoir que Camille venait de percuter un motard à ce moment précis et qu'il resterait seul sur le bitume durant des heures en attendant les secours.

Table des matières

Imprimé en Allemagne
Achevé d'imprimer en mars 2024
Dépôt légal : mars 2024

Pour

Le Lys Bleu Éditions
40, rue du Louvre
75001 Paris